MI PRIMA ME ODIA

Felipe Trigo

PRIMERA PARTE

CAPÍTULO I

-Adiós, Marqués.

-Adiós, Rojas. Cinco, miraron. El «¡Caramba, un marqués!»- pensó Marqués que debieron pensar ellas.

Pero, además, sí fuesen ellas marquesas, debieron también preguntarse: -«Pues... ¿quién será este marqués?»

Nada..., vanidad en que ponía él la parte más pequeña. Para darse ante la gente el lustre de tratar a «un título», a sus amigos les placía llamarle por el segundo apellido, en lugar de Aurelio, o Luque, que estaban antes.

Siguió escribiendo.

Las damas siguieron tomando su té, por las mesas inmediatas.

La sala era elegante, severa, con su escasa concurrencia que dejaba en la puerta los coches. No parecía lo más propio venirse a escribir cantatas, como a un café cualquiera, a este Ideal Room aristocrático. Sin embargo, su ambiente tibio, confortable, en estas tardes frías, principalmente, gustable a Aurelio.

«¡Bueno! ¡Debe de ser un marqués de provincias!» -pensaba ahora que las damas pensarían. Y como una que insistía en mirarle era guapa, rubia, con unos labios de amapola y una cara de granuja que quitaban el sentido..., la miró. No mucho. Él debía de mantenerse en su desdeñoso prestigio de «marqués».

No menos rubia su novia, ni menos linda.

Con la pluma en la mano y la vista en el papel, trataba de reanudar la sarta de cosas bellas que ítala escribiendo. Le habían cortado el hilo..., la inspiración, ¡qué diablo!

Aurelio meditaba sí él sería positivamente un estúpido. Cuando menos el solo hecho de temerlo venía a probarle que no lo era sino en un mínimo grado de «disculpable humanidad». La humanidad es estúpida. Se paga de apariencias y mentiras. Mentira, acaso, este dorado oxígeno del pelo de esta nena, y mentira el carmín de sus labios...

> «Pero también que me confieses quiero
> que es tanta la verdad...» Etcétera.

A lo mejor un falso detalle, una insignificancia de vanidad que parece que debiera perderse en el fondo de las emociones nimias y fugaces de la vida, fija para siempre un carácter. Recordaba de una muchacha de ojos de topacio a quien le dijeron en un baile que los jugaba bien, y desde entonces ya no fue aquella muchacha más que un par de ojos en casi ridícula y perpetua oscilación de negra de reloj o de muñeca de cuerda. Otro había habido en Madrid que se parecía bastante a Alfonso XII; desde que se persuadió de ello, ya no fue más abogado, o negociante atento a sus negocios, o médico, o lo que fuese aquel señor, sino unas patillas en un gesto archiborbónico exclusivamente dedicadas a hacerse tomar al pronto por el rey.

Bien. A él pasábale algo de esto con el dichoso apellido.

Le convenía casarse. Un doctor, soltero, no estaba bien de respetabilidad perfecta a sus veintisiete años. Casarse..., y respetar después a las clientes. Mariúca, esta santanderina novia, rubia y toda elegancia y modernismo, dentro de su provinciana ingenuidad teníale casi enamorado. Leyó la carilla y media escritas de la carta. Iba por aquel símil de las claras pupilas diáfanas con las ondas del Cantábrico. Halló el enlace y continuó escribiendo -sin la menor preocupación hacia las damas que allí no lejos salpimentaban su té con murmuraciones. Sí, sí, un té con su leche y con su azúcar, pero

también con su sal y su pimienta. ¡Oh, las auténticas marquesas!...
Allí hubo una noche bofetadas de dos por una actriz.

A las ocho y cuarto no quedaba un alma.

Solamente Aurelio, que escribía... que escribía.

A las nueve firmó. Pegó el sobre y se fue.

Quiso echar la carta por su mano en el buzón de la calle de Carretas.

Hacía frío. Se alzó el cuello de pieles del gabán.

De vuelta a la Puerta del Sol, compró el Heraldo, para el tranvía. Hora de la cena, en Madrid, cuyas calles se quedan punto menos que desiertas hasta que vuelve la animación de los teatros.

Esperó en el emplazamiento circular de una farola. Daba pataditas en el suelo, cuya glacial impresión metíasele hasta por las plantillas de franela y corcho de las botas. Mentalmente, ordenaba los estudios del cerebro que hasta la una o las dos tendría que hacer para la consulta de mañana. -¡Bravo, un 3! ¡Quevedo!... La ventaja de esta hora era que se tomaba sin apretones el tranvía. Subió y pudo instalarse a su antojo. Iban cuatro pasajeros. En marcha.

Leía el Heraldo. Mas... ¡oh! en la parada de Santo Domingo cayó en la cuenta. ¡Qué memo! La costumbre le había hecho coger este tranvía, sin acordarse siquiera de que desde anteayer vivía en el barrio de Salamanca... Se apeó. Un 3 sí, también, pero el inverso justamente. Bajaba ya el de San Bernardo y lo esperó en el cruce. Este coche venía completamente solo.

Leyó el Heraldo. Partió el tranvía; pero a los pocos metros se detuvo para que subiese una mujer.

Es decir... ¡rediós!, una mujer..., ¡una reina! ¡una locura! ¡una de esas divinas tentaciones que entre sedas, y pieles, y joyas y perfumes echan Dios o el diablo al mundo para tormento de los hombres!

¡Qué «moño» Heraldo, ni «tabletas»! -como decía el onomatopéyico Parmeno en las líneas que al lector hacíale interrumpir esta mujer, esta visión de hechicerías... Ya podían Parmeno y Zúñiga y el propio Bonafoux haberse ahorrado esta noche sus ingenios por él. ¡La tía, despampanante! Vamos, de eso que se ve poco hasta en esta tierra de hermosuras que es Madrid. Buena moza, temblaba a su paso y con su peso de arrogancia el suelo del tranvía, y a punto menos que en el techo tocaba con las plumas del sombrero. Se sentó en el ángulo diagonalmente opuesto a Aurelio -y para pasar, preocupado éste en la lectura, había tenido ella que casi pisarle los pies. Le dejaba un rastro de esencias, y los ojos, la cabeza, deslumbrados, fulminados... en un éxtasis de contemplación tan repentina como ansiosa... Sino que ella lo notó, la soberana, la excelsa... la que debía hallarse más que satisfecha de tan rendidos homenajes..., y, con un ademán de altivez giróse un poco hacia la delantera del asiento y se quedó mirando la calle por los vidrios delanteros... ¡Bueno, vanidosa a más de implacablemente bella, y por lo mismo! Era de esperar. Despreciaba, como una diosa cruel y terrible, las férvidas admiraciones que iría por todas partes levantando.

El prodigio de esta beldad maciza que lo menos debía pesar setenta kilos, estaba en la armónica proporcionalidad flexible de su cuerpo. Con pieles y todo, su cintura se le había diseñado a Aurelio por la espalda deliciosamente ágil, tan ágil como sus pies al mover todo aquel carnal alcázar de embeleso. ¡Una maravilla! Y en paz, y no era otra la palabra.

Muy blanca, según él seguíala viendo en el escorzo la mejilla, tenía el pelo tan negro y tan abundante y, rizoso que se le confundía en el cuello con la misma negrura de las pieles.

¡Una maravilla, sí, sí! ¡Un horror! -si valía volver las frases. Ante ella, que viniesen a fallar los sistemáticos defensores de las rubias. Rubia era la novia de Aurelio, y guapa; pero ¡que le perdonara Dios si él ahora mismo tuviese que jurar que el colmo de guapura no podría ninguna alcanzarlo sin un pelo tan reladronamente negro como ésta!

Entró el cobrador a darla billete, y la espléndida volvió a ofrecer por un instante el prodigio de su rostro a la fascinación del pasajero. No se dignó mirarle mientras sacaba del bolsito de piel tina moneda.

Pero, diestra en el femenino arte de ver sin la precisión de la mirada, sin duda advirtió la absorta esclavitud en que le tenía. ¡Sí, sí, hallaríase habituada a menospreciar admiraciones! Lejos de agradecérsela, dijérase que le molestó..., porque con otro desdén más brusco le volvió en seguida el hombro, casi la espalda, y continuó mirando hacia delante de la marcha por los vidrios.

También a Aurelio le molestó esta vez la maniobra. Abrió el Heraldo y púsose a leer: Sabía que para los grandes orgullos de tales orgullosas hay un adecuadísimo castigo: la grande indiferencia. Se indignaba de sí propio. Con la firme voluntad de aplicarla ese castigo, únicamente deploraba no ir con ella (para disponer del tiempo en que lo sintiese bien) en el coche de un expreso y hasta el mismo quinto diablo -en vez de ir los dos en el tranvía por un minuto.

Fingiendo que leía a Parmeno, pensaba en la situación. O esta mujer era una recia, o venía mal humorada por cualquier contrariedad, o tenía demás el escarmiento de los importunos de las calles.

De los importunos, de los tenorios del tranvía -de manera principal.

En un tranvía no puede entrar una mujer apetitosa sin que tenga inmediatamente encima los ojos insolentes de unos cuantos. Gran fatiga en realidad -a fuerza de repetirse para ellas. Los que las miran, los que las acosan con los ojos y con flores, si hace falta..., los que hasta se disponen a seguirlas al bajar..., no saben ni creen deber preocuparse de si ellas llevan en el alma una tristeza que las haga odiosas estas frivolidades de la vida, un amor que les vuelva indiferente todo lo demás, o la intención y el empeño de la anhelada y secreta cita con un amante.- A buena hora, si las tornas se volviesen, no despediría un hombre de su lado a las mujeres, en condiciones parecidas, aunque fuese a puñetazos.

Y en suma, que esta mujer, más que ninguna, estaría hastiada del calvario intolerable. Eso de no poder salir al público sin contarse libre un momento de la ansiosa curiosidad de cien miradas, debía de llegar a convertirse en tortura horrenda para las hembras muy guapas y para los hombres famosos.

Ahora..., lo que no aceptaba Aurelio, lo que no podía aceptar, era que el fastidio o la soberbia de una bella hiciese pagar a justos por pecadores. ¿Por qué ésta mostraba hacia él este desprecio insultador, insultador en realidad, humillante, si él no habíala importunado lo más mínimo?... Lo comprendería, de haberle dirigido un piropo, una sonrisa... Mirar, puede ser muy bien venerar respetuosamente. Pase que el venerado así no se obligue a la menor atención, en recíproca; pero en modo alguno que la acoja con disgusto y grosería. En los cafés, por ejemplo, él solía ver al gran Menéndez Pelayo, y en los teatros al Rey, prescindiendo de su alrededor con un hábito de olvido digno, como si estuviesen desconocidos y solos en medio de las gentes, a pesar de no poder ignorar que en cada instante algunos ojos los estaban contemplando.- ¡Arte supremo que no alcanzaban estas preciosas cuya excelsitud estaba toda por fuerza, a lo mejor, en su beldad!

Fingió enfrascarse en el Heraldo. Llegaban a la Puerta del Sol y era preciso que la orgullosa, al bajar, advirtiese que a él le importaba más un periódico que ella. ¡Sí, un periódico..., que vale un perro chico, y que se tira después! ¡Más que el dechado de perfección divina en que ella propia se tendría!... Y quedaría harto vengado, Aurelio, vive Dios..., pues quizá habría de ser la vez primera que esto le ocurriese a ella con un hombre!

Paró el tranvía. La dama no bajó. El «obstinado» lector la había sentido removerse; la había visto, mejor dicho -soslayándola- contrastar con el reloj del Ministerio el que llevaba incrustado en el bolsito..., y luego mirarle, a él, a él..., al «indiferente tenaz» que no debió de parecerle con su gran sortija de brillantes y su gabán de pieles, un pobrete.

Subió una vieja. Volvió el tranvía a marchar. La dama iba tal vez a Salamanca. Tenía la traza de la gente de este barrio. Sólo que ya no se esforzaba en mirar por los vidrios delanteros: natural, en su asiento, acaso -de reojo podía también ir convenciéndose de cómo ahora al «intrigadísimo lector» le importaba de toda su hermosura tres pimientos.

El coche filaba cuesta abajo. Aurelio leía, casi siendo él quien al fin le medio volvía la espalda a la dama. A su gesto, a su ademán, procurábale un perfecto aire de descuido. Nada, siquiera, de aquel violento rencor idiota, ingenuo, que ella le dedicaba antes, y del que pudiera inferirse en el fondo la preocupación hacia él..., la preocupación de despreciarlo. En respuesta le estaría notando una indiferencia total que ni se tomaba la pena del desprecio.

¡Nada! ¡Como si en vez de una, fuesen dos viejas con él!

¡Como si hubiesen puesto la cesta del conductor en el tranvía!

Llegaban a Fornos. Retrasábase la marcha, por unos coches que cruzaron, y subió a la plataforma un guardia de Orden público.

Aurelio creyó del caso, por si ella se apease en Cedaceros, o en Barquillo, darle «el golpe de gracia». Si en vez del guardia hubiese subido una chula, o hubiese entrado una señoritilla, las hubiese mirado un rato. No mucho, no. Al principio nada más -como a ella-, volviendo luego a su periódico, tras de haberle hecho así entender a la orgullosa que él no era más que un momentáneo contemplador de las mujeres por leve curiosidad. Sí, otro procedimiento sería burdo y expuesto a hacerla comprender que todo fuese una mañosa represalia. Es decir, una cosa tan cándida, tan ingenua, como la misma conducta de ella al entrar -y la vanidad la traicionó, porque no valía dudar que era concederle algún valor el concederle el desprecio: si en vez de ser él el encontrado en el tranvía, hubiera sido un haraposo y, catarroso setentón, la altiva no hubiese tenido el menor afán de probarle su altivez según lo hizo con él, como diciendo: «aunque traigas gabán de pieles y seas quien seas, sabe que mi belleza está por encima de ti, a mil codos».

Se martirizaba Aurelio, por no mirarla, por no mirarla ya ni de reojo. Su «indiferencia» causaba efecto. La dama iba intranquila. Aquella su inmovilidad hierática de la calle de Preciados, se convertía en un continuo agitarse en el asiento. Se comprendía, y lo había calculado él perfectamente: para una bonita cualquiera no hubiese tenido importancia la conducta de él, el olvido de un guapo señor que la miró y que leyese por último un periódico. Para ésta, sí. Y enorme. Entre sus emociones debería de figurar como absolutamente insólita la de un hombre que no fuese esclavo de ella por sus ojos durante toda su presencia y a pesar de no importase qué desaires.

Bueno, nada, hacíale falta el golpe de gracia, por si se apease ella en la Cibeles, ya que no se había bajado en Barquillo. Quienes se habían apeado, eran la vieja y el guardia; de modo que volvían ellos a estar completamente solos. Pensó, y encontró. Halló del caso dejar de leer un rato, bostezar (con la levedad y el disimulo que el aburrimiento le puede consentir a un hombre distinguido), y ponerse indolentemente a contemplar por los cristales traseros el camino que iba dejando el tranvía. Y... ¡oh, suerte! al hacer esto, pudo observar que el vidrio devolvíale con toda nitidez el interior del carruaje; en los trayectos obscuros, entre farola y farola, sobre todo, luego que pasaron la Cibeles y marcharon bajo árboles, la imagen de la hermosísima altanera se le ofrecía clara en el cristal.

Fue un hallazgo. Desde entonces, fingiéndole más la indiferencia, pudo ir observándola fijo. Sonrió Aurelio, vengado, complacido, satisfecho. El bostezo había descompuesto a la señora. Su cara, en vista de él, expresaba una angustia de duda de sí misma..., de su hasta entonces nunca fracasado poderío. No cesaba de mirarle, volviendo con rabia la cabeza. Representaba 26 ó 27 años; y la duda, la terrible duda que en vista de todo esto debiera de haberla asaltado por primera vez, referíala quizás a una empezada decadencia... «¿Por qué no le causo efecto a este hombre? -se iría ella preguntando... ¡Oh, si fuese así, si él no se engañase, si hubiese logrado inspirarla esta inquietud, con dificultad nadie en la vida se habría vengado más cruelmente de un agravio pasajero!

¡Dramas mudos, rápidos, terribles..., los que con frecuencia surgen en el simple cruzarse de miradas de dos almas que se encuentran un momento! Tenía la persuasión de que le iba removiendo la vida entera a esta mujer. Su soledad con ella en el tranvía, era una íntima soledad de gabinete, de visita, con la presentación hecha por Dios a una hermosura: y no hay que encomiar lo que tal hermosa rabiaría con semejante desdén de un hombre joven, sola ante él, en un profundo gabinete de su casa!... Sí, el drama habíalo favorecido y destacado ahora la casualidad: de haber sido el viaje más breve, o a ir lleno el carruaje, o al menos con un par de señoras y dos o tres hombres más, no sería lo mismo.

Contemplábala por el cristal. Veíala mirarle, toser... procurando llamarle la atención -¿Quién sería?... Casada, indudablemente. Además, demasiado bella, demasiado puesta en su perenne triunfo de lisonja, para que pudiese ser... de su marido nada más. Tendría amantes. Tendría amante. Seríalo quizás cualquier fachoso -por perversión de hastío y rareza en la que tendría tantos a elegir. Esto es lo ordinario en mujeres tan bonitas. Necesitan ver completamente subyugados por su hechizo a aquel a quien se dan, necesitan saberse magnánimas, divinas, que todo lo conceden, y dijérase que las fastidia el como recíproco derecho que pudiese tener hacia ellas un hombre de la misma gentileza y arrogancia. Por todo esto, Aurelio - que no se podría contar sin hipócrita injusticia entre los fachas-, y sin añadir la cruel rivalidad en que le iba situando su extraño desafío, con harta pena descontada que él jamás pudiera llegar a ser... amante de ella. ¡Le odiaría; le aborrecería con toda el alma; eternamente guardaría para el desconocido de esta noche, aunque nunca lo volviese a encontrar en el camino, el horror que para el mismísimo demonio!

Besábale..., ahora que era ella la empeñada en llamar su atención. Pero con un empeño falso, maligno, inverso, de gran coqueta humillada que tardaría muy poco en volver a despreciarle si él se le rindiera. Triste el dilema, e idéntica su solución, de todos modos; si él no hubiese tratado de irritarla siguiendo, por el contrario, en su éxtasis contemplativo, no habría sacado de ello más que el desprecio triunfador; haciendo lo que hacía, su odio. ¡Bah, lo prefería!... con tal de quedar de algún modo permanente en su recuerdo. Además, iba curándose en salud. Era una belleza, era una mujer de las que hacen comprensible hasta el crimen. Fatídica -porque uno la siguiera y la volviese a encontrar y se enamorase como un bruto, y ante su rechazo se tuviese que dar al fin un tiro, o porque con su amor lo enloqueciese y le trastornase la existencia dejándole hecho por siempre un esclavo miserable. Sólo con haberla visto, permanecería despótica en su alma nublándole la dulce imagen de aquella blonda Marietilla...

Paró el tranvía. Entraban en la calle de Serrano. Un carro luchaba desesperadamente con sus siete mulas por salir de los rieles. Aurelio, sagaz aprovechó el espectáculo para deslizarse en su asiento, como a verlo, acercándose a la dama. Quedaron así enfrente uno del otro. No la miró -tuvo la heroica voluntad de prescindir de ella por completo, «como de una cesta que allí hubiese puesto el conductor», y de quedarse «aburridamente» fijo en el carro. Se complicó la faena, porque el borriquillo delantero se resbaló y se cayó.- La dama, a intento claro, dejó caer el bolsito de mano, con reloj y todo, con duros... que sonaron en su choque contra el suelo. Aurelio recogió los pies, porque habíale dado en ellos aquel proyectil de la perfidia, y no hizo ni el más leve ademán por recogerlo. Al poco, puesto en ruta el tranvía, y llevándose Aurelio el holocausto de la reverencia de humillación que sufrió ante él la pérfida, volvióse a su rincón y volvió a la lectura del Heraldo.

¡Más que vengado, en verdad!

De buena gana; cómo burleta final, le hubiese leído estos burlescos versos de Zúñiga, a la altiva:

Es la nodriza de Arteche
de lo poco que se ve,
pues por un lado da leche
y por otro da café.

¡Oh, pobres bellezas orgullosas, qué fuerte es vuestro imperio... Y qué débil, qué insignificante!

El tranvía volaba.

De pronto, la señora, lo mandó parar.

-¡Cobrador! ¡Haga el favor!

Se había puesto en pie, y con el pretexto del cobrador miraba a Aurelio. Éste, sin alzar los ojos, creyó sentir que titubeaba ella en salir por la puerta de delante o... por la de atrás, quizás con la rabiosa gana de darle al paso un pisotón. Anduvo, en efecto, hacia él dos pasos, la hermosísima viajera...; sino que se arrepintió y salió del coche por la puerta de su lado. Al volverse a cerrar, Aurelio no pudo resistirse, y alzó los ojos a ella. La sorprendió clavada en él. La sonrió entonces, con sarcasmo, y ella le envió un rapidísimo relámpago de odio entre el fulgor de sus pupilas negras... fue breve pero habíanse descubierto francamente. En aquella sonrisa ella debió leer cómo él habíala hecho sumisa esclava de sus burlas. En aquella mirada él leyó una fulminación de odio mortal, fiero, insaciable, inextinguible...

¡Hala, la altanera!... Allá iba, allá quedábase en demanda de una bocacalle..., allá iría rumiándole a su tremenda decepción la ira de no volver a verle..., la rabia de este desconocido a quien no volvería, probablemente, a encontrar jamás, para tratar de torturarle en su coqueta crueldad y su dominio!

¡La enemiga!

Sin haberse hablado... y -¡quién hubiese de decirlo!- imposible que hubiese una aversión mayor entre dos seres de la tierra.

Es decir... Aurelio rectificó: por su parte... había adoptado la adoración formas de odio.

Ella iría contenta por demás..., si así hubiera podido comprenderlo.

¿Qué calle tomó?

¡Oh, hasta nunca! Se alegró de no haberse fijado.

Pero el tranvía volaba, por la recta y anchurosa calle de Serrano, y no sabía él, recién mudado a estos parajes, si ya estaba cerca de la de Padilla.

-¡Cobrador!... ¿falta mucho para llegar a la calle de Padilla?

-Oh, señor... ¡la hemos pasado! ¡dos más atrás!

-¡Diablo!

Se apeó, sin aguardar siquiera a que parasen el coche, y desanduvo el camino.

¿Por dónde se habría ido la...

¡Oh, la primavera de Madrid!... si no es una edénica delicia, como ocurre casi siempre, no hay burla más terrible.

Aurelio pensaba esto en su balcón, sorprendido y magníficamente ayudado por el sol de un día soberbio, claro, tibio, de veras primaveral, al fin -tras un horrible Marzo de lluvias y de nieves.

Hoy no quedaba una sola nube por el cielo. Lo habían fregado: azul, diáfano, purísimo, como el cristal enorme de un escaparate de la gloria sin otra joya que el sol.

¡Oh! dos meses de vecindad, con la forzosa clausura de aquel tiempo del demonio, y no conocía él a los vecinos... Vaya, ¡a las vecinas!

Estaban también por los balcones.

Las había bonitas.

En un tercero... ¡bueno, a ésta sí, la conocía y habíala visto muchas veces!... Esther, la morenita francesa, institutriz con cara y nombre de judía. Porque el balcón de Esther caía justamente frente al suyo - que era segundo.

La sonrió. La saludó. Ella le contestó coquetamente.

Ya la había acompañado una noche por la calle. Pas mal. Recelosilla, pero... ¡caería!

Más, aún: ya habría caído, si no fuese porque en esto de mujeres él andaba bien con su clientela.

¡Y nada de vanidad! Si para él mismo necesitase demostración, sobraríale la que se dio a sí mismo con la dama aquella del tranvía. Heroico, tremendo su proceder, sin que valiese atenuarlo con que ignorase él que podría volver a verla, como había ocurrido muchas veces. El hecho de retirarse ella a la hora de cenar hacia este barrio, desde luego le indicó que en este barrio viviría y que tendríase que encontrar por las calles, Quién, pues, que carezca de un tal dominio sobre sí, se atreve a enojar a una mujer encantadora, ¡a una belleza que anda sola por las noches, a la que puede ser lo mismo una honesta e incorruptible madre de familia que una excelsa caprichosa en trance de aventuras?

¡Bah, no! ¡Él no podía lamentarse de ignorancia ni torpeza! Cuando la volvió a encontrar, quince o veinte días después, arrogantísima bajo el paraguas y con las faldas recogidas, por la nieve y por el barro..., ni le dolió, ni le extrañó siquiera el gesto soberano de desdén que ella hizo al mirarle.

Había sido el encuentro en la calle de Serrano. Ella iba hacia el centro de Madrid. Él volvía a su casa.

¡Cuánto le odiaba!

A la semana volvió a encontrársela en la Plaza de la Independencia con un señor. Afrontáronse de un modo tan brusco, a la vuelta de una esquina, que Aurelio tuvo que apartarse y darles paso: el señor dio las gracias, quitándose la chistera, y ella volvió hacia el lado opuesto la cabeza con una ira de odio marcadísima. El acompañante debía de ser su marido, a juzgar por su traza de tranquila dignidad. Un poco más alto que ella, y no feo, pero con tendencia a gordo..., como una especie de bien mantenido y satisfecho rentista, o diputado, o alto empleado del Gobierno.

Sino que el rencor, el odio agresivo de la hermosa, no se le marcó nunca tan expreso como otra noche en la Comedia. Moda. El teatro lleno, y distinguido. Mucho escote y mucho frac. Ella, en butacas de segunda fila, con el marido y otra dama, no tardó en divisarle en una próxima butaca de orquesta. Por no verle, aún a costa de no ver la función, casi les tuvo vuelta la cara, a él y el escenario -toda la noche. ¡Tanto le odiaba!

Por cierto que en el foyer, a la salida, les preguntó a unos amigos quién fuese, y no la conocían. El saberlo, después de todo, no le importaba a Aurelio. Seguirla, menos... ¿para qué?... ¿por el único gusto de aprender la calidad y el nombre de la persona que más le aborrecía sobre la tierra?... ¡No se esponjaría ella poco, si le advirtiese detrás..., creyéndose tal vez la idiota que le traía muerto de pasión..., que le tenía uncido a su carro de admiradores papanatas, como aquellos que allí la dejaron cruzar como a una reina! ¡Imbéciles!

Pudo, para eso, seguirla más fácilmente en otros días que se la volvió a tropezar, con el marido y sola, aquí en el barrio, y ella de retorno a casa. No. Continuó él a sus visitas, a sus clientes, y en paz - llevándose cada vez más vivo un rayo de desprecio. Era divertido, la buena señora, si fuese hombre, le hubiese dado ya de bofetadas. Siempre, al verle, mudaba de color, empalidecía. Se estaría creyendo que no pensaba él en otra cosa que en odiarla... cuando...

¡Oh, sí... Y después de todo... (Esther, pobre Esther!)...; después de todo no le faltaba un tanto de razón. Por pensar en el odio y el escarnio de ella, habíase olvidado aquí de Esther y de esta magnífica resurrección de primavera.

Esther, inadvertida, habíase metido para dentro.

Y, no; tampoco es que le obsesionase a Aurelio la altiva encantadora; sino que, insensiblemente, hoy, aquí, le había evocado su recuerdo otra espléndida mujer, buena moza asimismo y pelinegra, pero más gruesa y con una bata de claras sedas y de encajes, que él estaba viendo en otro balcón de un principal, seis u ocho casas más arriba.

Debía de ser guapísima. Y Aurelio, ansiando convencerse, entró, tomó de su despacho los gemelos, volvió a salir, y los graduó sobre la dama...

¡Ah... por Dios!

Tuvo una sorpresa. Era... la odiosa, la de los encuentros, ¡la dama del tranvía!

¡Era ella! ¡Ella!

Aquella noche, cuando ella se apeó; cuando él preocupado y distraído siguió hasta dos bocacalles más abajo, calculó, en efecto, que bien pudo la viajera meterse en esta calle.

Vecinitos, nada menos.

Veíalo ahora, que, como los lagartos, salían las gentes al sol.

Como la dama fuese balconera, iba a ser esto divertido. A él gustable asomarse, a fumar, respirando el aire mientras descansaba del estudio. ¡Cosa de mudarse!... Esta mujer con sus desplantes, si le reconocía desde su casa, sería capaz de conducirle a un disgusto con el marido, a la larga o la corta.

Esta tarde, cuando iba Aurelio para su clínica de profesor-ayudante en San Carlos, no pudo resistirse la curiosidad al cruzar por la puerta de la dama.

Entró, y hábil pudo averiguar, por la portera, que en el principal vivía un matrimonio con dos niñas: el marido, rico minero y diputado, se llamaba don Calixto Fenollosa, y ella, Concha Blanco- y eran los dos de Santander.

«¡De Santander!»-como su novia. Esto le inquietó levemente. Santander no era muy grande. La conocería, de seguro. Conocería también, es a Concha, en Madrid, a no sabía él qué familia de Mariúca a la cual había Mariúca aludido alguna a vez en una carta.

No es que se tratase de nada de conquista, de nada de traición, de nada que él mismo no pudiese contarle a la novia...; pero al cabo, las novias, de los lances más o menos raros con mujeres, lo mejor es que no supiese ni una letra -y menos si les llega el cuento por extraños... mutilado..., transformado...

CAPÍTULO III

Julio.

¡Qué horror! -Madrid estaba despoblado.

> «*¿Los infantes de Aragón*
> *qué se hicieron?*
> *¿Qué fue de tanto galán,*
> *qué fue de tanta invención*
> *como trujeron?*»

Sí, sí, «nuestras vidas son los ríos que van a parar en el mar»... que no es el morir ¿precisamente, en el mes de julio... sino las juergas de Biarritz, San Sebastián, Santander, etcétera. ¿Dónde estaban las condesas, las marquesas, los magníficos troncos y los autos que no hacía aún veinte días estacionaban delante de este Ideal Room?

Ahora, en la pequeña terraza, y sentados también en sendos sillones de bejuco, sólo veía Aurelio a dos o tres desdichados.

-Horrible! ¡Horrible!

El cuerpo estaba aquí, pero el alma vagaba por las nieves de Suiza o por las ondas del Cantábrico. En la corte de España no quedaban más que los trescientos once infelices que no podían pescar el tren... por falta de dinero o por sobra de ocupaciones.

«¡Bueno!-corrigió Aurelio- ¡quedaban los seiscientos mil y pico madrileños que forman el residuo de la veraniega dispersión de tres o cuatro miles!»... Pero, esto ¡qué importaba!... Él se refería al Madrid de la calle de Alcalá, al de las caras conocidas de desconocidos que vuelven a encontrarse y a seguir sin conocerse en la Concha, en el Sardinero... en París, por colmo de buen tono, cuando finaliza la saison.

Caras conocidas de desconocidos..., al menos, para Aurelio, que no se forjaba la ilusión de pertenecer al gran mundo de los veraneantes y viajeros de la moda. Si él estuvo en París un año, y, pudo ver de tránsito las playas, fue porque lo exigió la perfección de su carrera. Allí conoció a Mariúca. Allí se puso en relaciones con Mariúca, durante el mes que ella pasó allí de temporada con sus padres. Y de allí, de todo aquello, se había traído una más completa persuasión de que la vida es cara y «bellamente difícil» si no ha de limitarse a los garbanzos de un puchero.

Se casaría con Mariúca.

Iba a verla. Iba, antes de una semana, a tomar el tren y, a pasarse veinte o treinta días en Santander. Formalizaría las relaciones. La boda, a no tener Mariúca inconveniente, debería verificarse para Octubre. -¿Qué capital tendría Mariúca?

-¡Adiós, Marqués!

-¡Adiós, Rodríguez!

Le distrajo este amigo que cruzaba. Bebió un sorbo de su cock tayll, y tornó a pensar en el capital posible de Mariúca. Hija única. El padre, representante de una compañía holandesa de maderas. Una familia que se permite ir por gusto a París, alojándose en hoteles de primer orden, lo menos tiene su par de milloncetes.

Claro es que de esto no se habían hablado en las cartas. La conoció en París, en Octubre, y, no había vuelto a verla en todo el año. No conocía tampoco Santander. Ignoraba, pues, cómo estaría instalada esta familia.

Era muy linda Mariúca, y elegante. ¿La quería él?, estaba realmente enamorado?

Lo pensó, como lo había pensado muchas veces. Siempre le resultaba que, si no precisamente enamorado, apasionado..., lo que se dice apasionado para lanzarse a un matrimonio sin cálculo y sin reflexión, sentía hacia ella una grande simpatía perfectamente armónica con una visión racional de porvenir..., y, además, perfectamente digna, no obstante aquella combinación de los sentimientos con los cuartos.

La pasión será lo que se quiera; pero... el matrimonio es un grave y perpetuo asunto al que todo hombre discreto debe llegar con una serenidad de que precisamente carece la pasión.- No habría lógica en que a él como doctor se le pidiese una plena calma reflexiva antes de cortarle a un cliente una pierna, y que tratándose de él mismo, de una operación que iba a resolverle el porvenir, y que le importaba más que la pierna del cliente, se le afease la prudente reflexión que iba a ser su garantía.

¡Ah!... pero... llevaba una hora aquí, y aún no se había acordado de leer la carta de la novia que recogió en San Carlos esta tarde.

Sacó la carta. La consideró sin prisas. Borrosas siempre, incoloras, tímidas... como de una inocentísima muchacha. Cada carta, se parecía a todas las demás. Así él se explicaba que se le olvidasen sin abrir por los bolsillos. Se las daban, justamente, cuando él tenía más que hacer con los enfermos. Las recibía en San Carlos para evitarle a Mariúca la confusión consiguiente a los cambios de domicilio de los padres de él..., siempre en busca de un barrio mejor para sus reúmas incurables.

Rompió el sobre, y leyó.

¡Pse! ¡Bien! Doce líneas. Un cariñoso candor que podría llegar a serle muy amable. Pero, Mariúca, principalmente..., «le convenía».

Tanto, que por rechazo le asaltó el miedo que ya le venía atormentando con frecuencia: ¿sería Concha Blanco y Fenollosa...; sería aquella dama del tranvía y, del teatro y de los mil encuentros de rabia...; sería aquella hermosísima y odiada vecina suya... la prima de Mariúca?

Sin saber por qué, había llegado a temerlo. A no ser porque se le extraviaban casi todas las cartas de Mariúca, hubiera podido encontrar una en que ella, al principio, le habló determinadamente de la prima, de los parientes de Madrid. Tenía idea de que se la ponderaba como mujer incomparable, y de que habíale dicho hasta el nombre.. pero, ¡perdida la carta!

¡El colmo, que resultase su futura prima la mujer que más le aborrecía en el mundo!

¡Oh, los mudos dramas tremendos, que la vanidad y el orgullo traman en un momento y para siempre en unos ojos!

Rica, santanderina, y tan prodigiosamente guapa, no podía haber más que esta mujer en Madrid. Y si esta mujer fuese la prima de Mariúca, le estropearía la boda. Era lógico que le conociese antes, y que le dijera horrores a Mariúca, de él, en cuanto le conociese.

Por no agravar de antemano la situación con curiosidades sospechosas, no había querido preguntarle a Mariúca, a pesar de su inquietud, si esta Concha Blanco era su prima. No, no había querido preguntarle nada, ni los apellidos maternos, por ver si coincidiera alguno. No había querido, siquiera, deslizándola que él se había mudado a la calle de Padilla, ponerla en ocasión propicia de decirle que allí, precisamente, tenía a sus parientes por vecinos -si fuesen esta Concha y este diputado los parientes.- ¡No! ¡ni palabra!... ¡él debía hallarse bien apercibido a la defensa en caso necesario!

Por lo pronto, desde que tal sospecha se le infundió, dejó de complacerse en fastidiar a la señora. Nunca hizo nada expreso para ello, en realidad. Pero, en fin, se asomaba menos al balcón, ni para ver a Esther (a quien ya venía viendo en sitio más amable) y al tropezarla por ahí con el marido, fingía no verla. La cosa estaba, pues, reducida del uno al otro, a una indiferencia aparentemente impasible en donde sólo se quedaría diciendo para su pensamiento cada cual: «¡Así te parta un rayo, alma mía!»...

Las seis. Lo vio en la Equitativa.

Llamó, pagó y se levantó. Iba siempre a casa, a esta hora, para ver si tenía algún aviso de visita.

Tomó el tranvía.

Al llegar a la calle de Padilla, vio en la puerta «de la dama», algo que... que no tenía nada de alarmante, ni de extraño, en este julio de las emigraciones veraniegas, pero que le sorprendió y le alarmó: un ómnibus cargado de baúles y maletas.

Subió a su casa. Tenía un recado y, además, tres visitas de otros días. Sin embargo, púsose al balcón. Miraba al ómnibus. Si fuese... ella, que se iba a Santander, y ella fuese, además, la dichosa prima..., quería decirse que la suerte de Aurelio estaba pendiente ahora mismo de aquel ómnibus.

Y... ¡era! La vio aparecer en el portal, con el marido, con las dos niñas, con el ama y la doncella.

Tres minutos después, partió el ómnibus.

Cinco minutos después -¡y allá que los clientes esperasen!- partía Aurelio en un cochecillo de plaza, desde la calle de Serrano, a la estación del Norte. Su afán cifrábase en ver, al menos, si esta... fatídica mujer tomaba el tren de Santander... o el de Asturias, o el de San Sebastián... Lo importante estaba en que no tomase el de Santander, y esto quería él saberlo por sus ojos.

Mucha gente en la estación; pero de esa gente distinguida que no se arremolina y tras de la cual no es fácil ocultarse. Divisó en seguida a «la viajera» y se propuso no perderla de vista, porque había dos trenes formados y podía sumirsele, sin saber de cuál, en un coche. Preguntó y supo que el de la primera línea era el expreso de Santander. Un momento más, y... ¡sí, oh desdicha, vio a los vecinos subir a un primera de este expreso!

Ella, la bella, la odiosa..., desde la portezuela, le descubrió, no lejos, al aclararse un poco un grupo tras el cual quería él parapetarse..., y le lanzó una mirada completamente digna de la historia de todas esas pequeñas grandes cosas horribles que quedan sueltas por el vago horror, de los infiernos del mundo, sin historia!

¡Ah, pero cómo la miró a ella, él... a su vez!

El tren partió echando humo.

Aurelio se volvió a Madrid, repitiendo la cuarteta aquella:

Es la nodriza de Arteche
de lo poco que se ve,
pues por un lado da leche
y por otro da café.

Como la nodriza de Arteche le parecían los sucesos más menudos de la vida: por un lado, insignificancia y simpleza, y por el otro, a lo mejor...

¿Quién puede medir la posible transcendencia enorme de una cosa que nos parezca en sí misma baladí?

CAPÍTULO IV

Otro coche, siete días después, llamado del punto de la calle de Serrano, conducía feliz a Aurelio, y esta vez con su baúl y su maleta, desde su casa a la estación del Norte. Feliz, porque dejaba menos mal a sus padres, del reúma; porque iba a ver el mar y a su Mariúca..., y porque había visto desvanecidas, por la prueba de los hechos, sus sospechas de catástrofe.

La dama odiosa podría ser santanderina y estar ahora en Santander; mas no era la prima, ni tenía nada que ver de lejos ni de cerca con su novia. Matemáticamente lo infería de las tres cartas que habíanse cruzado en estos días Mariúca y él: de haber sido sus parientes, ella le hubiese notificado la llegada- luego no lo eran. De haber sido su prima, ella, sobre todo, le habría ya dicho cuatro frescas; porque nada habría tan natural como que ella le hubiese hablado «del novio», a la prima, que le hubiese enseñado su retrato, y que la prima se hubiese desbocado al conocerlo.

Dichoso el viaje. Durmió Aurelio como un santo, reclinado en su sillón, y despertó con el día. Desde Reinosa le cautivó la Montaña con paisajes admirables.

Ya en Santander, se instaló en una fonda de la calle Blancas.

En las cartas, habían quedado en ello: él podría ir a casa de Mariúca- a las doce. Eran las once, cuando salió, e hizo tiempo mirando los barcos por los muelles. Compraban sardinas, las revendedoras, en el de Velarde. El cuadro no podía ser más movido y pintoresco. Oyéndolas aquellos diminutivos de «ventanuca», «chiquilluca», típicamente montañeses, halló más bellamente impregnado el de su Mariúca en perfume popular.

Doce menos diez. La novia vivía en la Plaza de Pombo. Fue. Se auxiliaba con un plano. Había pasado antes, comprobando que el del número 15 era un edificio respetable. Por todo el bajo, con gran aspecto de almacenes y oficinas, se tendía la muestra: «COMPAÑÍA GENERAL DE MADERAS DE HOLANDA». Subió. Escalera de mármol. En el principal una puerta bruñida y suntuosa, como la de un templo. Le abrió una doncellita y le pasó a un salón. Todo rico -si no precisamente regio.- Se movió una colgadura, y apareció Mariúca. Bella, dulce. Diéronse las manos con honradísima efusión. Él besó la mano de ella, con francesa cortesía.

-¡Oh, Mariúca!

-¡Aurelio!

-Llego un poco antes. ¡Seis minutos!

-Iba a ponerme al balcón, para esperarte. Me alegro...

Se interrumpió, ella, porque llegaba su madre. Con la madre venía otra dama... ¡Horror! ¡La dama y Aurelio «se quedaron de una pieza!» ¡La del tranvía! ¡Concha Blanco! «¡Era la prima!» Saludos. Presentaciones. La dama, la odiosa, la odiada..., le entregó la mano fría y suelta, con un gesto de marcada repugnancia.

Su asombro había sido enorme; pero, mujer, sin duda, que supiese dominarse ante las gentes, supo concentrarlo únicamente en la mirada, para él...

Por suerte, el aturdimiento de Aurelio, del que pronto pudo recobrarse, debió de ser achacado por Mariúca y por la madre de Mariúca a la natural impresión ante la novia.

Hablaron de París, memorando sus recuerdos. Gracias a este egoísmo emotivo de los tres, la... otra, Concha Blanco, pudo mantenerse en una grave actitud, sin apenas intervenir en la charla más que con monosílabos. Por nada del mundo la miraba Aurelio. Llegaron después el padre de Mariúca, que le acogió cariñosísimo, y el rozagante marido de Concha, muy cortés. Concha continuaba seria y muda. Si no le mostraba al novio de su prima ninguna afabilidad, tampoco le hacía objeto -como en los encuentros de Madrid- del más leve menosprecio. Esto tranquilizaba al doctor. Ella sabía ser prudente y reservada, en este ambiente de familia. Por tal carácter suyo, o porque en razón a la diferencia de edades (seis o siete años) no tuviesen las primas mucha intimidad, era indudable que «Mariúca no habíala enseñado el retrato». La sorpresa de este encuentro, pues, había sido más grande que para él (al fin alarmado durante algún tiempo con sospechas), para ella..., para la que al verle en la estación, aquella tarde, lo que menos hubiera podido pensar era que él vendría siete días después a su casa.- Porque, temporalmente, ésta era la casa de Concha Blanco. Aquí vivía, para todos los meses del verano, con su marido, con sus hijas. De modo que, no sólo parientes, sino parientes, además, que estimábanse de veras y se trataban con grande confianza. Aurelio, a la media hora, puso fin a la visita.

Por la tarde volvió -según dejó convenido con la dulce Mariúca en el pasillo. Fueron al Sardinero, en el tranvía. Las amas y los niños de Concha se quedaron jugando por la playa. Concha, la madre de Mariúca, y Mariúca y él, entraron al concierto del Casino. Luego pasearon un rato, y sentáronse otro poco a tomar sorbete entre los pinos. Concha, que procuraba retrasarse con su tía, dejándole a él con Mariúca, le mostraba, cuando no tenía otro remedio que cruzarle la palabra, una despegada indiferencia «chocante»..., chocante quizá para las otras -como a un hombre a quien se ha conocido por primera vez y que resulta antipático.

Así, mal que bien, quedó establecida la vida entre esta familia y el novio. Aurelio hizo una observación que le obligaba a una rectificación: vista de cerca, Concha, la divina, sin los velos de luz artificial o los velos del sombrero, como allá en las calles y en las noches de Madrid..., no resultaba tan divina. Una cara preciosa, sí, excepcional, desde luego..., pero con un no se supiera qué de leves arideces en los labios y en los ojos, que destruían un tanto aquella impresión de soberana frescura en su belleza. Lo cual quería decir que tendría sus treinta años. Lo cual, confesándolo con desinterés, sin embargo, no quería decir que, físicamente, no valiese treinta veces más que Mariúca. Mariúca, linda, vistosa, gentil..., era un poco demasiado delgada.

Y por su parte, Mariúca, hacía otra observación: su prima teníale una aversión incorregible y manifiesta a Aurelio. Notaba que él no se cuidaba de Concha para nada, en no siendo para extremar con ella fríamente las indispensables cortesías. En cambio, no se le podía ocultar que ella le aceptaba todo con despego, que le miraba a veces fija, fija (cuando no podía verlo él), con un odio crudo, sombrío; y que en las ya distintas ocasiones que ella misma le preguntó a Concha su opinión acerca de Aurelio, respondíala vaguedades, cambiaba la conversación y no acababa de dársela.- Esto iba intrigando a Mariúca.

Una mañana fue al cuarto de la prima. Concha, recién acabada de levantarse, se peinaba, al tocador. Mariúca tenía por Concha esa veneración que impone, en odio o en amor, todo prodigio de belleza. En amor -ella, en profundísimo culto de amistad... que la bella prima le pagaba con la condescendiente gratitud, un poco reservada y orgullosa, de todos los ídolos a todos los idólatras. Concha estaba leve de ropas, con los hombros y el escote al aire. El espejo «inglés» la reflejaba entre magnolias.

-¡Qué guapa eres! -le dijo Mariúca por saludo, dándole un beso.

Y se sentó en un mueblecillo de al lado.

-Díme -la interrogó en seguida, pues no venía más que a esto; ¿qué te parece mi novio?... No sé, no sé... ¡me atrevería a jurar que te disgusta! ¿Por qué?

-¿Que me disgusta?

-Sí, Concha; y más: que te molesta, que te fastidia... ¡no lo niegues!

-Y, ¿por qué?

--Porque sí, prima. Se te nota, créelo. Es de esas cosas indudables.

-¿Te lo ha dicho..., lo ha notado él, quizás?

-No. Él no me ha hablado de ti ni una palabra.

-¿Ni una palabra?... ¡Oh!

-¿Te... choca?

-Sí, mujer... Al fin sería lo natural..., si no fuese, precisamente, porque es lo «natural» todo lo contrario.

-No te entiendo.

-Nada... que, parece lógico que cuando se conoce a una persona, se exprese acerca de ella la impresión, de un modo breve, siquiera.

-Pues, la verdad, nada me ha dicho de ti.

El gesto de la bella marcó una displicencia. Quedó inactiva, con el brazo tendido sobre el jaspe. Contemplando en el cristal el poder de sus hechizos, que eran completamente ineficaces para aquel hombre, sintió más vivo que nunca el rabioso orgullo del desdén que la inspiraba. Desde su propia imagen, pasó con rapidez la mirada sobre la blonda Mariúca (ya de punta en blanco para el matinal paseo del Sardinero), y se tuvo que sonreír satánica y rebelde: -«no comprendía que el hombre aquel, leyendo el Heraldo aquella noche, hubiérase desentendido tan fácilmente de la admiración a ella... porque llevara quizás, en el corazón y en el pensamiento, la memoria de esta insignificantísima muchacha; no comprendía..., comprendía mucho menos aún, que este Aurelio, al fin aquí tan cerca de ella y de su trato pareciese de ella más desentendido y libre por... porque amase a esta insignificancia de mujer!... ¡Sí, «insignificancia», no encontraba otra palabra!... Mariúca no era ni fea ni guapa...; era una mimosuela «linda», gracias a las cintas y a los trajes, de las que se encuentran a docenas en cualquier calle de Madrid.

-Tu novio -dijo- debe de ser un hombre seco, orgulloso, presumido, de los que piensan que todo lo merecen porque sí.

-¡Oh, no lo creas! -protestó Mariúca ingenuamente.

-¡Apostaría a que se imagina estar haciéndote un favor con ser tu novio! ¡No es cariñoso! ¡No tiene alma ni ternura!

-¿Oh, que no? Espérate... ¡verás!

Partió Mariúca. ¿A dónde iba?

Al muy poco volvió con cartas de Aurelio.

Se las leyó a la prima Concha. Eran expresivas, dulces, de una rendida y poética pasión que se envolvía en bizarros giros absolutamente personales...

Oyéndolas, la muy bella, en su más secreta e íntima conciencia veíase forzada a conceder que nunca le había inspirado frases tan sentidas, tan hermosas, a ninguno de sus amantes. ¿Qué clase de hombre, pues, era este Aurelio?...

-¡Sí, sí, basta!... -cortó cuando ya no pudo sufrir más.- De todos modos, no sé... ¡es antipático!

-¡Mujer!

-Para mí, si no hubiese otro hombre que él sobre la tierra, hubiese preferido no casarme. ¡Te lo juro!

-¡Qué tonta!... ¡Verás de que le vayas tratando!... ¡Es... que no le conoces!

-¿Que no?... ¡Acaso más de lo que crees!

Definitivo, el acento. Aplastador.

Hubo un silencio, y Mariúca se quedó mirando a la hermosa prima con inquietud y extrañeza.

-¿Le... conocías? -preguntó. -¿Le conoces tal vez... de Madrid?

Concha abatió casi en piedad el orgullo triunfal de su mirada.

-Ya ves -dijo maligna en su reserva; -él... nunca te ha hablado de mí... «¡ni una letra!»... ¿por doblez?, ¿por falsedad?... Porque, hija, no se explica; él y yo... ¡No, no te alarmes, prima! ¡Nada, en realidad!... Quiero decirte, sólo, que es muy raro que en Santander no me conozca...¡en Madrid, sí... somos vecinos... como tú sabes también, sabiendo que él vive en mi calle...

-¿En la calle de Padilla? ¡No lo sabía!... Le dirijo las cartas a San Carlos...

-¡Ah! -hizo Concha Blanco, como en una revelación de «las tretas de Aurelio». Y añadió: Pues bien, al verle aquí..., al reconocerle, te confesaré que también me había extrañado un poco que en las cartas donde me hablabas «del novio» no me dijeses, además, que fuese mi vecino; ahora me explico tu silencio en ese punto..., ¡ignorabas que vive él en la calle de Padilla!... ¿Por qué te lo ocultó?

-¡Bah, eso, Concha -defendió Mariúca-, lo haría sin intención, sin advertirlo! Como yo le he escrito siempre a San Carlos, no tenía importancia que se le pasara decirme dónde vive. ¡No, no tenía importancia! -insistió con candidez. Pero, volviendo a sus alarmas ante la sonrisa de la prima, deslizó: -¡Es decir, no tenía importancia, no la tiene... si tú...

-«Si él»... ¡más bien!... -torció Concha- Si él... no se la quitaba, por cálculo, mujer, al ocultarte que era mi vecino de dos casas más arriba. ¡Figúrate, enfrente su balcón de mis balcones, desde más de medio año!

-¿Y cómo iba a escribírmelo? ¿Cómo iba a saber que eras tú mi prima?

-Eso es lo que falta averiguar, si lo sabía o no, en Madrid mismo. De cualquier modo, resulta indudable, niña, que al verme ahora, aquí, como tu prima..., también «se ha olvidado» de aquella vecindad, y ¡sigue ocultándotela!

-¿Por qué?

-¡Pregúntaselo a él!

-No, a ti. ¿Por qué?... ¡dímelo, Concha!

La inculpación, esta vez, era precisa, grave, ciertamente -y grande el sobresalto de Mariúca: «un novio que había reconocido de pronto, en una bellísima prima de su novia, a una antigua vecina de Madrid, y que se callaba como un muerto, ¿por qué?»

Prudente Concha por sí misma, y compasiva con Mariúca, pero pérfidamente implacable para Aurelio, se esquivó de esta manera:

-La causa, prima, si en realidad existe alguna que a él le convenga esconder, él tan sólo puede revelarla. Yo sabría decirte, únicamente, que no creería muy tranquilo de conciencia a un hombre que en la prima de su novia, como tal tenida desde luego, o como tal conocida de improviso, se empeña en no reconocer a una antigua vecina madrileña. ¿Qué hacerle? ¡a los «novios ausentes» les resultan siempre mal las posibles vigilancias, y más si descubren tarde que pudo alguien vigilarlos sin querer! Nada sé, en rigor, de tu novio, para habérseme vuelto antipático, sino esto: «que en Santander le contraría, y se lo calla, haberme conocido, el haber sido mi vecino de Madrid».

Llegaba el ama, con la nena pequeñita, a vestirla -y cortaron su diálogo las primas.

Mariúca, un rato después, en la playa, trataba de fijar con preocupación grandísima las responsabilidades de Aurelio. Con respecto a Concha, no dudaba: habíala dicho esto, cediendo a sus deseos, por cariño y por lealtad. Y fijando para el novio el problema, repetía la frase misma de Concha: «No se juzgaría muy tranquilo de conciencia un hombre que en la prima de su novia quiere olvidar a su vecina de Madrid».

Aurelio se les reunió. Mariúca, al verle, tuvo el dolor de la inminente explicación, de la presunta traición del hombre amado. Concha, procurando retardarse con su tía, los dejó ir de modo que se pudieran hablar sin estorbos.

Daría Concha cualquier cosa porque no entrase «este señor» en su familia. Daría... (puesto que él tanto parecía adorar a esta Mariúca por quien aquí las rabias del altivo volvíanse indiferencia... hasta despojándose de los desplantes de Madrid)..., daría... ¡oh, no podía saber lo que daría por conseguir, ni sabía cómo tampoco, que él se le iniciase rendido de algún modo, para que ella... pudiese despreciarle!

Fue toda una mañana de atención y de tortura hacia los novios. Contrariadísima, advertía que la pálida seriedad de los dos, por un momento, había pasado a una jovialidad absoluta, mayor que nunca, inconcebible.

A las once, ya de vuelta por la Magdalena, Concha creyó advertir que Aurelio se le despedía con una más segura indiferencia de la mano y con una sonrisilla de victoria. Así que tuvo ocasión, en casa, llevóse aparte a Mariúca.

-¿Qué le has dicho?

-Nada, eso. Que es extraño que se te dé por desconocido en Santander, siendo vecino.

-¿Y qué te ha dicho?

-¡Que..., nada, que... no te conocía..., que no se había fijado nunca en ti!

La indudable ingenuidad de la chiquilla, hizo que a Concha se le destacase más la orgullosa perfidia del perverso. Quedóse rígida, fría; tan lívida de ira, de soberbia, que la dulce Mariúca le dijo por consuelo, sin saber que así aumentábala el dolor:

-¡No, mujer! ¡No pienses que me engaña!... Aun siendo vecinos, nunca te había visto..., o no se habría fijado en ti. ¿Tiene eso algo de particular en Madrid, donde a veces se vive años en un piso sin conocer a los de al lado?... Además, él me lo ha dicho: paraba poco en casa, y no solía asomarse a los balcones. ¡Ya ves tú!

Concha mordió su rencor de llama por no contarle a la pobre candorosa aquella historia de Madrid..., que era al fin un desastre para ella.

Barrera de orgullo, dejábale cortada y definida su conducta para siempre: no preocuparse más de esta boda ni de Aurelio. ¡En absoluto! ¡Todo lo demás sería lanzarse hacia una loca lucha en que, puestas así las cosas, ella sería siempre la vencida!

Pero tuvo un leve alivio por la tarde: en el Sardinero, con su marido justamente, vio que se les acercaba Paco Almagro..., su amante... de esta temporada..., diputado también, por lujo; puesto que en rigor era un sportsman con más rumbos que dinero, y que lucíase en Madrid con su jaquita de «polo» y con su buggy de un caballo.

Desde este día, Almagro, presentado también a Aurelio, fue de la tertulia que en la playa formaban por mañana y tarde ambas familias.

SEGUNDA PARTE

CAPÍTULO I

Cruzó desde la acera hacia el centro de la Puerta del Sol, y tomó el tranvía de Salamanca. Ya no era éste su barrio, ni siquiera el de sus padres, que se habían mudado al de Palacio. Él, con su rubia mujercita, vivía en la calle de Argensola.

Miró el reloj. Las ocho. Iba a punto. Mariúca le había dicho que caería en casa de la prima hacia las ocho. ¡Cena en casa de la prima! ¡Oh, de qué buena gana la dichosa prima daríale a él morcilla..., morcilla de la que se le echa a los perros rabiosos, en vez de darle bistek!... Sonriendo, apartó de ella el pensamiento, porque le fatigaba: había vuelto a ser de ella la obsesión, harto lo veía, desde que tornó de su larga luna de miel «científica», por Austria y Alemania. ¡Sí, científica! ¡como doctor había también sabido «percancearse» del ministro una comisión de estudios, por un año, para Viena y Berlín!

El tranvía dobló por la Cibeles.

En este mismo tranvía, casi a estas mismas horas, dos inviernos atrás, íbale ocurriendo la aventura extraña con la prima.

Aurelio casi la había olvidado, desde la boda, durante su larga estancia con Mariúca por ahí. Mas, he aquí que tenía que confesarse que al volver la había encontrado más hermosa..., más odiosa, irreconciliables los dos en el tal obligado trato estrecho de parientes.

Él la daría de buena gana una bofetada o un muerdo. Arañarla, enrabietarla... ¡no sabía!... ¡algo que le dejara saciado su odio para siempre! La presencia de ella, con su insolentísima beldad (y más para un marido ya bastante satisfecho de su rubia y delgada esposa), había tenido la virtud maldita de acabar de despojar a Mariúca de todo su encanto de ilusiones... ¡Vamos, quería decir, de «esa poesía de ceguedad» que se pone siempre en una nueva amada..., y no que él hubiese dejado de estimar a Mariúca por Concha Blanco ni por nadie!

Calle Padilla.

Bajó del tranvía y torció por la derecha.

Entró en la casa.

-¿Ha venido mi mujer? -inquirió de la portera.

-No, señorito. No la he visto.

-Y los señores... ¿están?

-La señora, sí; el señor tampoco ha vuelto.

Aurelio vaciló. Estuvo por aguardar en el portal el landó de abono en que llegaría Mariúca. Le pesó no habérselo llevado él, con el fin de haberla recogido después de las tres visitas que le obligaron a salir buen rato antes.

Por último, subió. Este temor, esta infinita rabia de verse solo con la prima, frente a frente con ella y con su odio..., le enojaba. Por, más que ambos trataban de evitarlo, ello tendría que suceder alguna vez.

Una doncellita le pasó a la sala... -y de la sala, al advertir que no iba Mariúca, Concha escapó como si llegase el mismísimo diantre, refugiándose en un gabinete contiguo.

Era terrible, esta prima de él... tan divinamente humana. Era tremendo esto de que la boda los hubiese hecho parientes.

En los quince días desde el regreso de Alemania, habían tenido que soportarse diez veces. La ingenuísima Mariúca la adoraba..., no podía pasarse sin su trato.

Y era preciso terminar, en cuanto referíase al secreto odio de ellos mismos, esta situación intolerable.

Para terminarla, sin saber de qué manera, Aurelio se levantó y entró en el gabinete. ¡Una explicación! ¡Una serie de franquezas! ¡Un convenio para decirles a la esposa y al marido respectivos que no debieran verse más!... ¡algo! ¡algo!... ¡y preferible era hasta lo bruto y violento antes que semejante y perpetua mortificación de disimulos!

Entró, resueltamente.

-¡Hola, prima!

-¡Hola! -contestó ella sorprendida. No ha venido mi mujer?

-¡No, aún!

Él se sentó, ni lejos ni cerca, con audaz serenidad que desconcertaba a Concha Blanco.

Concha había dejado caer sobre el sofá la revista ilustrada con que pensó sin duda disimular y entretenerse. En su fuga, se había metido en este gabinete que no tenía más puerta que la de la sala.

Aurelio, viendo entre los encajes y las sedas claras, aquel cuerpo tan... ladrón, y viendo aquella cara entre el pelo tan reladronamente negro, sintió que sus ánimos de desdén y de ironía tintábanse de... de...

Y el silencio era violento. Dejó él preámbulos a un lado y dijo:

-Vaya, prima, seamos francos: ¡tú me odias con todo tu corazón!

-¿Yo?... ¡qué escucho! -rechazó ella enérgica en su asombro.

-Sí; me detestas..., me aborreces...

-Te engañas, primo.

Terminante y dura la respuesta... Lo de «primo», había sido lanzado con un casi despego chulesco de burla y rabia.

Aurelio se alegró. Era la «posición cualquiera» sin ambages en que quería saberse frente della.

-Principalmente, desde que el azar nos ha unido en parentesco -dijo-, nuestro odio, tu odio a mí se te ha vuelto inaguantable, prima... así obligada a verme y soportarme.

-Ah, bien... ¿tú me odias?... ¡Por Dios!... ¡Bueno es saberlo!

-¡Como tú a mí, ni más ni menos! Mi presencia y mi conversación te irritan; y quisieras, indudablemente, poder causarme algún daño, en forma tal, que nadie sino yo supiese que tú me lo causabas..., puesto que tu odio es íntimo y absurdo y secreto entre los dos, de alma a alma.

-¡Bah, qué tonterías!

-Sí, mujer. Debemos concedernos que «todo lo que se fuerza al secreto» es cruel y fastidioso. Si tú hubieses podido pregonarle a todo el mundo esa cordial antipatía, porque hubieras podido pregonar sus causas, tal vez nada halagüeñas para ti..., te habrías curado, desahogando el odio de tu pecho en improperios, y en paz. ¡Así, no; tu odio... crece y gana cada día más importancia, para mí, que... EL AMOR MÁS GRANDE DE TU VIDA!

La vio palidecer.

Quedaba tocada en la parte sensiblemente dolorosa de su alma.

-¡Mi odio! -rechazó. -¡Veo que eres algo... fatuo!

-¡Quizás! -asintió Aurelio, con una altiva afirmación que la hirió más hondamente todavía.

Y fue él quien gozóse ahora en dejarla abandonada a la ira y al silencio.

Luego la oyó decir con un tono frío de aristas de diamante:

-Desde que te casaste, habremos hablado veinte veces, entre gente, siempre como extraños; y antes... ni te conocía siquiera. A lo sumo pudiera haber de ti a mí una amistosa simpatía... o frialdad: eso que el instinto nos inspira en toda nueva relación. Pero, ¿odio?... ¿por qué? ¿No piensas, hombre, que el odio es... un honor que no puede concedérsele a cualquiera?

-Razón por la cual, de ti, yo tenía el orgullo de ser el hombre más odiado del mundo.

-¡No comprendo esa... ilusión!

-Pues, es raro, porque dicen, prima, que tú tienes talento.

-¡Gracias. También dicen que lo tienes tú!

-Sólo, entonces, los dos ignoramos mutuamente, esto que dicen. ¿Quieres que intentemos convencernos?

-¿Cómo?

-¡Hablando!... Hablemos, por primera vez. Las otras veinte no sirven para nada. Hablemos... con franqueza. ¿Eres capaz?

-¿Por qué no, querido primo?

-¡Oh, no! ¡veo que no eres capaz!... Siéndolo, hubieras empezado por decir: odiado primo.

Tosió, Concha. Era, en esta conversación extraña, la gran coqueta que íbase entregando por novedad a un juego de más que singular e inversa coquetería: la de vencer en desprecio sobre una verdadera lucha de recelos y crudezas... aunque entre sonrisas. Y estaba desorientada. Le envió en los ojos negros una centella de ira, y exclamó:

-¡Te encuentro testarudo... a más de fatuo!

Él recogió, como un triunfo:

-Menos mal. Ya es esa una manera de empezar a serme franca. Correspondo, y digo que no lo fuiste al afirmar que no me conocías antes de conocerme en Santander...; y antes, también, de averiguar que era tu vecino en esta calle..., única concesión que tú quisiste hacerle acerca de nuestro conocimiento a Mariúca. ¿Por qué no le dijiste todo? ¿Por qué te reservaste que nos conocimos los dos, demás, aquella noche del tranvía?

-¿Del... tranvía?... ¡Pues... no me acuerdo!... ¿Qué tranvía? ¿Quieres tener la bondad?...

-Con mucho agrado. Noche mala, fría..., hace dos años, y tranvía de Salamanca. Un poco tarde, y yo solo, en él, desde Santo Domingo. Una dama que lo para, al poco, y que sube: eras tú. Ibas elegantísima: abrigo de piel, gran sombrero, y falda de terciopelo pensamiento...

-¡Ah, sí!

-¿Recuerdas ahora?

-No. Sólo recuerdo que..., tuve esas prendas.

-Además, tan perfumada, que el olor de tu presencia me hizo levantar los ojos del periódico. Fui sin leer un momento, absorto por tu... por tu...

-¿Por mi... qué?

Un destello de victoria había vibrado en Concha, en sus ojos de acero negro, y él lo vio. Recogióse a tiempo. La coqueta ansiaba el tributo ardiente de una flor, siquiera..., de una flor del hombre que en dos años la había tratado con rabioso desdén incomprensible..., para... inmediatamente despreciarlo. ¡Oh, no! ¿Cómo? ¡La flor, el elogio, de personal adoración que ansiaba ella, no saldría de los labios del experto! La miró a su vez, y terminó la frase, en casi displicente titubeo:

-Absorto... por tu... por tu... ¡por la elegancia de tus ropas..., por tu fuerte aura de perfumes!

Ella se inmutó y bajó los ojos, con la viva sensación del absoluto impoderío de su belleza para subyugar a este «prevenido altivo» de quien no podía dudar que era a su modo, y sin embargo, un admirador de su belleza.

-¡Es decir -repuso con un tono que aspirase a algo así como a reprocharle a Aurelio su indelicadeza de mozo de cordel- que igual te habría dejado absorto... la tienda de una modista o una perfumería!

Del reproche recogió implacable Aurelio, nada más, la queja lastimosa.

-¡Oh, sí! ¡Son mi debilidad! ¡Las bellas ropas! los perfumes! -y prosiguió, desentendiéndose: -Ibas, decía, tan perfumada, que el olor de tus esencias me hizo levantar del periódico los ojos. Tú, a lo largo del coche vacío, fuiste, a sentarte lejos de mí. Notaste mi... observación, y la desdeñaste, poniéndote a mirar por el cristal de la plataforma. Yo persistí en mirarte, absorto por tu... por...

-Por mi... traje. Gracias.

-Y tú volviste a advertir mi atención, y la despreciaste más, volviéndome la espalda.

-¿Sí?

-Era, prima mía, el odio que empezaba a concederme tu alma, por demás... generosamente; y, sonreí.

El recuerdo hacíale también sonreírse ahora de igual modo.

Concha se indignó, en cuanto podía consentírselo un trance en que toda indignación sería derrota:

-Bueno, ya lo dije: tú eres algo fatuo. Cualquiera otro que no lo hubiera sido, únicamente habría visto en mi desdén el que conviene a... los conquistadores de tranvía.

-Si me perdonas, prima, te advertiré que entonces, habiendo pensado yo lo mismo, lo medité y dejé resuelto todo lo contrario. Les conviene mejor la indiferencia. El desdén, así marcado, equivale a una pequeña entrega de atención... casi peligrosa..., a nada que un orgullo contraste su... fracaso bien posible contra otro más auténtico desdén. Eso... tú lo sabes..., al fin..., después de un par de años...; y por eso, yo, previéndolo, me sonreí. Formé mi juicio de ti, y torné tranquilamente a mi lectura. ¡Qué tormento, entonces, tú! ¿Verdad? ¡qué rabia!... ¿Recuerdas?... Bien, bien, tú no lo recuerdas... Yo, sí, en cambio: solos siempre en el tranvía; el viaje, largo... En la Cibeles, tú habrías dado no sé qué porque volviese yo a mirarte. En Colón, habías tosido tres veces..., y al poco, cuando se cruzó aquel carro en la vía y yo me acerqué a tu sitio para verlo, dejaste caer hasta mis pies la elegantísima bolsa que llevabas en las manos... Y que yo no recogí... Por último, bajaste del tranvía lanzándome la mirada de odio que lo mismo se estrelló... en mi indiferencia!

-¡Falso! -negó Concha, incapaz de resistir.

-¡Tú... me miraste... Y de tal modo, que aun volvías por el vidrio la cabeza cuando yo me alejaba hacia esta calle!

-¿Cómo?... ¿Eso sí, lo recuerdas?

-Lo recuerdo. ¡Ve lo que las cosas son!... Como recuerdo tus impertinencias del teatro, de los mil encuentros por ahí..., ¡y mis fastidios al verte!

-Tus... fastidios, no. ¡Tu odio!

-Pues, sea... ¡Mi odio! ¿Qué?

-Nada, que... un odio de mujer: ¡AMOR INVERSO!

La firmeza, la petulancia de Aurelio, no tenían límite; y Concha fulguró, toda ironía:

-¿Crees tú?

-Tanto, prima; -replicó Aurelio, desesperantemente frío y dueño de sí mismo- que, le temía a esta inevitable explicación... como a una declaración... amorosa!

-¡Oh, primo!... ¡por parte tuya!... Y... ¿lo es?

-Supongámoslo, siquiera. ¿Por qué no?

Sonaban pasos, lejos. Suspendió ella un instante en atención su diabólica alegría, y excitó luego de confirmar que nadie se acercaba:

-¿Decías... ¡Sigue! ¡sigue!

-Decía... que tú verás, Concha, si PARA DEJAR DE ODIARME TE CONVIENE AMARME... ¡no hay otra manera! Por mi parte, te odio tanto, también, que siento muchas veces la intención de darte un beso!

Ahora sí soltó Concha una carcajada como una bandera de alegre triunfo que se despliega al viento.

-¡Oh! -cerró triunfal y piadosamente desdeñosa-, ¡Pero, tú te me rindes, infeliz! ¡No has previsto que desvaneces mi ODIO, si lo tuve, al confesarme al fin TU AFÁN POR MIS AMORES? ¡Bravo, primo! ¡Tú, la intención de darme un beso; yo la voluntad de rechazarlo: y héme aquí vengada, curada de mi odio... en un solo minuto y de manera radical.

Radiaba. Se levantó. Fuera seguía sonando gente. Sino que al salir, aun Aurelio la detuvo:

-¡No! ¡Qué... curada! ¡No! ¡Porque yo te diré en seguida que no me importa que tu beso se me niegue... Y tú, cuando te convenzas, sobre todo, de que es verdad..., me seguirás odiando con la vida y con el alma!... No renuncio al orgullo de tu odio. ¡Te digo, prima, que... el odio es amor inverso..., que no queda para el nuestro otro remedio que volverlo del revés..., que no quedan para ti y para mí más caminos que odiar o amar... en mutua reciprocidad y al mismo tiempo!

Los pasos se acercaban... Y la voz de una criada en charla con Mariúca.

-¡Queda también... -amenazó Concha, terrible-, decirle todo esto a tu mujer!

Pero Aurelio terminó:

-¡Bah, no se lo dirás... estoy seguro!

-¿Qué no?

-Que no, ¿Qué podrías decirle?... ¿Que yo te he hecho el amor?... ¡Le mentirías, porque... eso no es verdad!... ¡No es más verdad que si, inventándolo, se lo hubieses dicho por rabias de tu rabia en Santander aquella tarde!

Apagó la voz, porque Mariúca llegaba:

-¡Bah, Concha, convengamos en que vales tú demasiado para poder satisfacerte con una necia venganza de mentiras!

Compuso Concha su ademán, y recibió a Mariúca con un beso.

Al poco llegó el diputado.

En la mesa reinó el jovialísimo alborozo que siempre le ponía Mariúca a estas bellas escenas de familia.

El bedel entró en el Gabinete Histológico para decirle a Aurelio que deseaba verle una señora.

-¿Una... señora? ¡Que pase!

¿Quién pudiera ser?... Desde luego, ni Esther ni Amalia, que no vendrían aquí teniendo él, como tenía, aquel cuartito de la mano izquierda de la calle de la Luna.

Era Ramona, la especie de ama de llaves de Concha Blanco. De parte de su señora venía a llamarle con urgencia, porque estaba enferma, de pronto, en cama. Había tenido que acostarse, con una intensa neuralgia al pecho, y acordáronse en la prisa de que «siempre estaba D. Aurelio en San Carlos a estas horas».

-¡No tarde! -encareció Ramona al despedirse.

Las preparaciones histológicas se fueron al demonio. Aurelio se quitó la blusa y se lavó las manos con todo el aséptico cuidado de un doctor. Pensaba que este aviso era por todo extremo extravagante. Concha tenía su médico. Además, desde la calle de Padilla a la de Atocha había sus buenos seis kilómetros..., que no eran lo más invitador para una urgencia.

Tomó un coche.

Todo parecía raro en tal llamada. Las niñas de Concha, y el ama y la niñera, estaban en casa de él, con Mariúca. Allí comieron, y allí los dejó cuando él salió muy poco antes. Por cuanto al diputado se encontraría en el Congreso, si es que para el repentino dolor de su mujer no le hubiese llamado también Ramona.

¡Sí, sí, raro todo esto! Recurrir a él, precisamente a él..., la que le odiaba más desde la entrevista de aquella noche..., y no era Ramona una confidente, más que una sirviente de Concha?... entre ambas había notado Aurelio una confianza, una familiaridad sospechosa...

En fin, ello diría.

Derivaba el coche anticipadamente de la calle de Serrano, y al pasar ante la estatua de Goya, Aurelio le dedicó una mirada y un recuerdo a la maja desnuda.

Llegó. Subió. Le abrió Ramona. ¿Cómo diablo había venido esta mujer?, ¿en otro coche?

-¡Pase usted!

Le entró en un tocador que daba a un dormitorio, y Ramona se fue desde la puerta.

El dormitorio, amplio, aforrado en sedas, recibía la luz de un patio por dos ventanas de escarchados vidrios heliotropo. Todo en orden. En mitad de él se veía la regia cama en que hallábase... la enferma.

-¡Hola! -dijo Aurelio.

-¡Hola!

Y hubo un silencio, durante el cual miraba el médico la cara de flor de Concha Blanco. Nunca tan bella. No revelaba ni el más ligero rastro de sufrimiento o de enfermedad. El marido, puesto que no estaba aquí, continuaría en el Congreso. La casa entera tenía con su silencio la traza de una soledad y un abandono encantadores: no habría nadie más que aquella Ramona bien discreta.

Aurelio sonreía, sonreía...

Concha habló:

-Perdóname. Me he atrevido a molestarte. A pesar de... todos nuestros odios, tengo fe en ti, como doctor. ¡Qué quieres, en la fe de los enfermos no mandan ni ellos mismos!... He oído ponderar tus curaciones. He leído en los periódicos los elogios a tu discurso en la Academia Médico-Quirúrgica. Parece que lo entiendes; que eres un buen especialista. Trataba tu discurso de las neurosis del corazón, y es justamente lo que me dice mi médico que tengo. Pero mi médico no acaba de curarme..., y hoy, hace un rato, morirme de un dolor... ¡Por eso te he llamado!

-¿Dónde el dolor?

-Por todo el costado izquierdo.

-¿Se te ha pasado ya?

-Al menos, la agudeza. Respiro mejor. Antes me ahogaba.

-¿Qué has tomado?

-Aquello... ¡mira! ¡Lo tengo en casa de otras veces!

Indicó un frasco, sobre un pequeño escritorio de caoba fileteado de bronces, como el lecho, y Aurelio fue.

De espaldas s ella, tomó el frasco. Rezaba su etiqueta: -Poción antiespasmódica. No era mucho, en verdad, para una grave enfermedad del corazón. Se retardó allí, fingiendo olerlo, por trazarse en la situación anómala un plan de conducta. Sin verla ahora, sus ojos tenían en fuego la imagen deliciosa de «la enferma». ¿Enferma de qué?... ¿de amores?... ¿de sus odios?... Ella había procurado no revelarle nada anticipadamente con la faz. Lo que quisiese, debía quererlo con una desesperación de sus rabias y deseos. Estaba bien peinada... con un despeinado artístico. Advertíase bien que la coqueta ponía en juego sus últimos recursos. Habíase embellecido «requeteladronamente» con aquellos encajes en que aparecía desnuda su garganta. Mas... lo que quería, no debía de ser precisamente a él; no sería, seguramente, a él...; sino las flores de él..., el aturdimiento que le quitara la voluntad altiva «al implacable desdeñoso» para verle embriagado y rendido en adoraciones a la física belleza en esta intimidad -¡pérfida!- y luego despreciarle... ¡Sí, Sí, DESPRECIARLE..., despreciarle luego de verle vencido en ruegos y de hinojos a sus pies! -Recordó la frase final que le lanzó él aquella noche: -«¡Convengamos, prima, que vales tú demasiado para poder satisfacerte con un triunfo de mentiras!» -Esto, debió quedar en ella barrenándola con un mortal antojo de...

triunfo de verdad. Esto debió quedar en ella atormentándola, matándola, después, sobre todo, de haber podido convencerse por la indiferencia de él en otros quince días... «de que no le importaba el beso que ella le negó sin que él se lo pidiera». Resumen, con plena seguridad: que fracasada en el empeño de apoderársele del alma con el alma, para la cruda venganza de su orgullo, había resuelto adueñársele del alma, y con igual malévolo designio, por medio de los mágicos encantos de su pecho. ¡Muy bellos serían cuando así les confiaba el último poder de su venganza!

Soltó el frasco. Volvió al lecho. Llevaba el firme propósito de no permitirle a su palabra ni a sus ojos la menor galantería. Su proceder, a lo sumo, debería ser de desdenes y dominios...; esto es, de todo lo contrario que ansiara ella, ¡tan hecha como debiera estar a ser la despótica cruel sobre las sumisas delicadezas de mil adoradores!

-Bien, Concha -dijo-; tengo que reconocerte.

-¡Oh, no! -protestó ella-, ¿para qué?... ¡Mira, siéntate! El dolor ya me ha pasado!... Te contaré cómo es. ¡Creí morirme! Si lo sé, no te molesto, la verdad. ¡Estarías tan ocupado!

-No, mujer... ¡da lo mismo! y mejor que ya estés buena. Eso es lo importante.

Le señalaba ella una marquesita de al pie del lecho, y él la acercó otro poco y se sentó. Que daban frente a frente. Concha, para empezar su relato, se retrepó un poco en las almohadas. Sacó un brazo, desnudo, divino, de marfil en un hombro de marfil, y se apoyaba en el codo, reclinando lánguidamente a la mano la cabeza. Debía creerse así bastante seductora. Habríase ensayado al espejo. Y hablaba, hablaba, como una cómica, del horror de su dolor... Mientras, Aurelio la oía impávido, con gravedad doctoresca, mirándose las puntas de los pies. Sólo de tiempo en tiempo, a ojeadas fugacísimas, hacíase cargo de la leve sonrisita victoriosa con que ella iba animando su relato, tal que si tomase la «cortedad» de él como síntoma indudable de la emoción enorme que le causaran sus hechizos.

De pronto se levantó el doctor:

-¡Tengo que reconocerte, Concha!

-¡Oh, no, por Dios! ¡a qué! -dijo ella en defensa contra el ademán que hizo él por descubrirla- ¡Ya te he contado!

Pero el ademán, aunque ejecutivo, como de un médico que tiene derecho a todo, no había sido tal, en verdad, que necesitase excesivas «defensas de coqueta». Dejó Aurelio el embozo y esperó tranquilamente:

-¡Como quieras! Sólo que entonces no podré formar juicio de tu mal. Si te da reparo, avísame cuando puedan estar presentes tu marido o mi mujer. Entre tanto, sigue tomando antiespasmódica.

La vio quedarse blanca.

La oyó decir -(en un ostensible esfuerzo por no saberse derrotada):

-¡Reparo, no! ¿por qué?... ¡Los médicos sois igual que confesores!

-¿Entonces?

-Como gustes. ¡Creí que bastaría con lo que he dicho!

-No. Tengo que auscultar. Imposible formar juicio de otro modo.

-Pues... ¡bien!

La invitó a echarse. Bajó el embozo. Tendió sobre las tibias batistas una mano y percutió con los dedos de la otra. Ella había cerrado los ojos. A cada golpe se estremecía. Las manos moldearon bajo la diáfana batista el seno izquierdo... una elasticidad de maravilla!

-¿Es aquí donde sientes el dolor?

-¡Sí! -gimió la prima.

-Bien, perdona... ahora el estetóscopo! -dijo Aurelio.

Y en un movimiento sereno y rápido se lo apoyó sobre el seno. Escuchaba. La auscultaba. Y debió de estorbarle de pronto la camisa, puesto que tiró de un lazo y rebatió el amplio canesú dejando ambos senos al aire. Concha, sin tiempo para evitar esto, aunque lo hubiese querido, torció leve la frente a un lado, llena de rubor. Aurelio, ahora, con un brazo por cada lado del yacente cuerpo, lo miraba, lo miraba... ¡Oh, sí, sí... una maravilla! ¡Un prodigio... dos prodigios de duras suavidades blandas de marfil!... Como Chrysis (¡ él había leído la Aphrodita, claro!), esta Concha Blanco, tan blanca, debía haberse pintado de rosa los pezones!... Y Aurelio, un poco inseguro, al fin, de sí propio, volvió a tocar con su cara, con su oreja, sin estetóscopo esta vez, aquella carne de la gloria... Repentinamente sonó un grito, al tiempo que Concha con un lateral salto de serpiente se apartaba... ¡había sentido que él mordíala con los labios un pezón!

-¡Oh, por Dios! -rugió.

Sentada entre las ropas, mirábale la sonrisa con furor y dijo:

-¡Canalla!...

Él la contemplaba siempre irónico, impasible. Ella comprendía que acababa de ser tratada con la misma inconsideración que una ramera.

-¿Qué es eso, mujer? ¿Qué te pasa?

-¡Oh!, ¡nada, nada! ¡Por Dios!... ¡Qué indecente! ¡Qué canalla!

-Pero... ¡prima!

-¿Es así como ve usted a las enfermas? ¡Indecente! ¡Qué indecente!... ¡¡No creí jamás que fuese usted tan indecente!! ¡Largo de aquí!

-Pero, Concha... ¡si es que tienes el pecho tan bonito! ¿qué culpa tengo yo, si tu pecho es tan bonito, de que me?...

De ira, ella, rechinaba los dientes. Y le cortó:

-¡¡Canalla!! ¿Se piensa usted que soy alguna... ¡oh!... ¡Largo de aquí! ¡Salga ahora mismo! ¡ahora mismo!

Torcíase buscando el timbre, cuyo botón hundió y Aurelio la calmaba:

-Oh, bah... Concha, no te apures... Ya me voy... ¡Adiós!... me echas, y ¡me voy!... Pero... ¡si vuelve tu dolor... no te olvides de que estoy siempre por las tardes en San Carlos!

Cogió el bastón, cogió el sombrero, y dijo todavía volviéndose entre las cortinas de la puerta:

-¡Hasta cuando gustes!

En el tocador se encontró con la Ramona, que le guió hasta la escalera.

Bajando, tras el portón cerrado, Aurelio llevaba el pesar de haber sido tal vez demasiado bruto. Sería horrible que ella provocara un rompimiento escandaloso en la familia. Dejábala en una derrota de humillación capaz de todos los dislates.

CAPÍTULO III

Pasó un día. No vio a Concha.

Al segundo día tembló, porque vio ir a casa de Concha a su mujer. Sin embargo, respiro libre por la noche: Mariúca regresaba tan tranquila, tan contenta. La prima ni siquiera habíala dicho que estuvo enferma y que tuvo que llamarle a toda prisa... ¡Bravo!

Al tercer día Concha vino con Mariúca y cenó con ellos. De la tempestad no quedaba un solo rastro en «su apariencia». Casi se podía decir que estuvo con él más llanamente, más indiferentemente amable que jamás.

La salvación. Él la imitó. El pasado trance de violencias y de riesgos decíale a Aurelio, como a ella le habría dicho, que harían bien cortando en firme toda hostilidad..., que harían mal si insistiesen en una estúpida y ya envenenadísima batalla sorda; sólo buena para conducirlos a un desastre. Ya que él no la vencía..., ella se debía conformar con no ser la vencedora, y el odio de los dos debía volver a lo profundo de las almas.

Así pasaron veinte días aún -de afable paz hecha sobre un falso pacto de sonrisas.

Pero en el día veintidós (o llevaba Aurelio mal la cuenta desde aquel primero de Diciembre), se encontró en San Carlos esta esquela, en pliego rosa:

«Espérame esta noche en la Plaza de Oriente, a las diez, del lado del Real. Quiero que hablemos.

No tenía firma. No le hacía falta, tampoco. De este modo no podía escribirle mujer alguna que no supiese demás que él la adivinaría.

¿Por qué le llamaba Concha? ¿Para qué?... Se ahorró el inútil trabajo de pensarlo. Cada mujer es un problema, porque ella misma no sabe nunca lo que quiere... ¡para que puedan saberlo los demás!

A las diez menos cinco minutos hallábase en la Plaza de Oriente junto a la esquina del Real. La noche era fría y desapacible. A las diez y cinco, llegó ella.

Venía de negro.

Venía de triste; pero intensamente perfumada.

-¡Buenas noches! -saludó.

Sí, venía intensamente perfumada. ¡Cualquiera iba a saber lo que traería debajo de aquella torva pena de su faz y debajo de aquel luto negro del vestido!

-Vengo, Aurelio -dijo-, porque necesitaba hablarte, porque quiero que me des explicaciones. Tú -¡no lo puedo comprender!- me trataste aquella tarde como a una prostituta. ¡Ah!... o tú me explicas esto, o tú me dices por qué... equivocación, o por qué raro derecho te portaste así conmigo..., o yo acabaré por contarle todo a mi marido aun a trueque de un escándalo! ¡Habla, haz el favor!

Calló, y se quedó mirándole a los ojos.

Y como él no hablaba, sino que... sonreía, fijo en ella, ella comprendió que estaba viéndola en la cara toda la demudación de orgullos y humildades que desde la tarde memorable la estaban rompiendo el corazón.

-¡Oh, mujer! ¡Explicaciones! ¿Qué más explicación que la que ya te di! Para un pecho como el tuyo, no la hay mejor que un beso. Para un odio como el que... nos tenemos, no la hay ¡como... el amor! Un beso. Amor. Creo que lo merecen tu odio y tu belleza. Desengáñate: como yo a ti, tú me quieres, tú me adoras desde aquella noche del tranvía. Lo que hay es que los dos nos hemos obstinado en llamarle a aquello odio, tontamente; y además, que lo es, que lo será, en tanto no lo troquemos en gloria, por acuerdo. El odio es amor. El amor no es más que un odio bien tratado. ¡Ah, si pudieran resolverse los odios entre hombres con el abrazo de grandísimo placer que entre hombres y, mujeres!... ¿Quieres, tú? ¿Quieres que resolvamos en amor inmenso nuestro inmenso odio de dos años?... ¡Mira! Allí tengo el coche que me ha traído. ¿Quieres? ¡Él nos puede llevar a nuestro cielo!

La enlazó, y pretendió marchar hacia el coche. Ella titubeó, se detuvo, y dijo todavía quemando en llama su última soberbia:

-¡No! ¡He venido a que me des explicaciones!

-¿Nada más?

-¡Nada más!

-Entonces te las niego.

-¿Por qué?

-Porque... sí. Porque es ridículo traerme aquí a pedirme explicaciones. Si insistes me iré inmediatamente.

-¡Oh, es la dama... que se las pide al caballero!

-¡Y el caballero se las niega a la dama!

-Pero... ¿por qué?

-Porque la odia...; ¡porque no se dan jamás cuando se odia!

-Pues... ¿no y que amor y odio son lo mismo?

-Pues... entonces... ¡por lo mismo! Las de mi amor ya las tienes. ¡Ven!

-¿Adónde? ¡Ah, por Dios, Aurelio!

-¡Ven!

Volvió a tomarla del brazo y avanzaron hacia el coche.

Ella subió primero, como muerta. Y el cochero preguntó:

-¿Adónde, señorito?

-¡Calle San Bernardo, esquina a Luna!

Sonó un portazo.

Trotó el caballo.

«¡Mi prima me odia!» -iba pensando Aurelio al sentirla contra él desfallecida en el interior del carruaje...

FIN